장승진
환경시집

인간 멸종

장승진
환경시집

도서
출판 북인

2023

시인의 말

"말하라 모든 진실을,
하지만 비스듬히 말하라"고 했던
에밀리 디킨슨의 진심을 훼손하고 싶지 않았다
그러나 기후변화에 대해 알아갈수록
시인의 판타지가 들어설 자리 없어 슬펐다
간절한 호소에도 좀처럼 변치 않는 인식의 벽
인류세Anthropocene에
이 절박한 마음이 소용될지 자신 없다

'인간 멸종'
누군들 이 말을 좋아하랴
에덴으로 회복될 수 있으리라는 실낱 희망
하나뿐인 지구 위해 용기내도록
많은 것 일깨워준 분들에게 고맙다

2023년 가을 입구
강물처럼 장승진

차례

1부

초록 숨구멍

햇살 거울

하루의 첫 햇살 하는 말
밤새 안녕?
천 년 전에도 똑같았을 풍경
거울처럼 되비치네
지구야 아직 안녕?

꽃이 피는 이유

저 산을 보고도
꽃 피지 않는다면
봄이 아니다
저 꽃 보고도 눈물나지 않는다면
산 사람 아니다

내 몸도 자연이다

금방 샤워하고 나온 것처럼
영혼 깊숙이 전해지는 상쾌함
시간 내고 돈 들여 찾아나선 이유

너무 오래 떠나 살았지만
우리 모두는 자연의 일부

짐 진 자들아

세상 무거운 짐 혼자 진 듯
힘들어하는 사람아
남의 짐 지고도 가벼운 발걸음 보아라
우리는 어차피 짐 지고 걷는 자들
대자연에 안겨 꽃처럼 웃어라

인어가 온 이유

의암호 물빛 찾아왔지요
겹벚꽃 진분홍 따라왔어요
문인비 서 있는 호숫가 바위
향기에 눈멀어 떠나지 못해
일 년 내내 봄인 도시 춘천

안 되는 이유

구름 없는 봉우리
녹아 없어진 만년설
남미 바람의 땅 파타고니아
피츠로이 산에 이런 날 온다면
대자연의 경이는 사라지고 없으리

큰 그림 칸델라브로*

가난한 자의 갈라파고스
바에스타 섬은 새들과 야생동물의 천국
모래산에 새겨놓은 풍요의 나무
무슨 염원 담아 누가 그려냈을까
작은 것에 바둥대는 현생인류는 아닌 듯

*가지장식이 있는 촛대(샹들리에)라는 뜻으로 페루 파라카스 반도 위에 새겨진 거대 지상화. 약 2500년 전에 그려진 것으로 추정되며 '작은 나스카'로도 불린다. 배를 타고 바에스타 섬 가는 길에 만날 수 있다.

그 시절

추수 끝낸 너른 들
기계 소음도
가뭄 홍수도
비료값 근심도 없던
그 시절 소와 달구지의 평화

중도 맹꽁이

의암호수 안 섬 춘천 중도
11년 전 시작된 레고랜드 들어섰다
당초 계획 7년 늦었다

세계에서 가장 큰
고인돌 신석기 유적지
밀어내고 들어서는 장난감왕국
화려함이 대세인 시대엔
오래된 것들이 장난감 된다

호텔 예정 부지에 살고 있던 맹꽁이들
다시 어디론가 이사 가야 한다네
아이들 몰려오니 비켜줘야 한다네

맹꽁맹꽁 나 여기 있어
말이라도 천만에 멸종은 없어
나 여기 눈 동그랗게 살고 있어
원래부터 여긴 내 집이었어

바람이 분다

성스러운 예언처럼
부드러운 바람이 분다
온전히 만들어 선물로 맡겨둔 지구를
어루만지듯
나뭇잎과 깃발 통해
자신을 드러내는 이여

미세한 진동만으로도
우리보다 더 빨리 우주를 지각하는
곤충들과 벌레와 동물들
그들이 보내온 오랜 경고에도
우린 애써 피하거나 다투기만 했다

내 몸이 아파봐야 아픔이 보일까
멸종의 문 앞에 서서야
위험을 느낀들 무엇하랴
슬픈 진실 위로 바람이 분다

강이 마르고 산불 솟는 뒤편에서
폭우를 동반한 허리케인이

배들을 지붕 위로 당기고 있다
부르르 몸을 떠는 산맥들
해독 불능의 메시지를 눙친 채
부드러운 손길로 바람이 분다

초록 숨구멍

문고리 잡으면
손가락 쩍쩍 달라붙던
내 어릴 적 추위는 어디 갔을까
키 큰 야자수 해변이 빛나는
먼 남쪽 섬으로 날아가 숨었을까
따뜻한 겨울 고드름처럼
북극 빙하 녹아내려
수만 년 푸른 기억들 쏟아지네

지구 온도가 1도 상승하면
찰박찰박 가라앉을 추억의 부표들
아직 남아 있는 섬들은
바다 위 떠 있는 초록 숨구멍
석탄 광산의 카나리아*같이
모두에게 울부짖는 경고 사이렌
섬들이 숨 막히면
다 죽는 거야

*카나리아가 일산화탄소 등 공기 중의 독성물질을 흡입하면 죽는 것을 발견
하고 무색무취의 일산화탄소로부터 광부들을 보호하기 위해 새장을 탄광 속
에 걸어두게 된 데서 유래하여 '석탄 광산의 카나리아'Canary in the coal mine는 '닥
쳐올 위험을 미리 경고한다'는 의미를 담고 있다.

안드로메다에서

울타리 위 나팔꽃 웃는다
아침 햇살 물고 보라색 입술 벌리는 지금
포근하던 그대 미소 그립다
광막한 우주의 한 귀퉁이
찰나에 매달린 빗소리
우리 은하에서 250만 광년 떨어진
안드로메다은하 어느 별에서도 생각날까

먼지보다 작은 지구 반대쪽에서
폭우로 제방 무너져 도시가 잠기고
열돔에 갇힌 마을 불붙어 사라진다
아우성의 생생한 장면이
빛의 속도로 끝없이 움직이는 동안
신화를 만들어낸 옛 사람들 표정을 생각한다

어디로 갈까 모든 기억들
바로 앞을 알지 못하며
아주 오래된 것들만 보도록 지어진 운명
첼로 선율 빗소리와 미소의 기억 붙들고
지구별 위해 어떤 기도를 해야 하나

투발루

태풍에 뽑히는 코코넛 나무들
파도에 깎여나가는 해안선
뜨거워진 바닷물에 산호초 시들고
물고기와 농작물이 죽어간다네

공장이 하나도 없는 나라
남태평양 폴리네시아 푸른 기억의 섬
세계에서 네 번째로 작은
가라앉는 섬나라를 아시는지

2001년 국토 포기를 선언한 나라
1만여 국민들 이웃 나라 이민을 호소했지만
거절당해 지구 최초 환경난민 되었다네
바다 한가운데 종잇장처럼 떠
가장 높은 해발 3.78m 활주로가 잠기면
흔적 없이 사라질 운명

빙하가 녹아내릴수록
땅이 사라지는 이 나라 목사님은
다른 나라 사람들에게

목이 쉬도록 외치고 다닌다네
온실가스 배출은 대량 학살이라고
공동의 집 지구에서
투발루 문제는 우리 모두의 문제라고
사느냐 죽느냐의 문제라고

＊남태평양 카리바시, 인도양 몰디브도 같은 형편이다.

바다 단풍 염생식물

인천공항 가는 길 창밖
썰물로 드러난 갯벌 보인다
누가 가꿨을까 드넓은 붉은 꽃밭
짠물 속에 피어난 바다 단풍

마디가 퉁퉁해진 퉁퉁마디
끝이 뾰족하고 잎이 뭉툭한
칠면초 해홍나물 갯잔디와 갈대들
소금기 많은 땅
매끄럽고 두꺼워진 잎으로
강한 바람 견딘다는데

이산화탄소 빨아들여
건강한 갯벌 만들고
물 밑바닥 생물들 먹여 살리느라
자신은 키 작고 누워 있지만
색깔만큼 마음씨 고운 바다의 붉은 나물

척박한 세상에서
나는 누구에게 맹그로브 숲이 될까

짜디짠 인간관계

나는 어떤 갯벌로 남아

염생식물과 저서생물低棲生物*의 보고寶庫

블루카본Blue Carbon**이 될 수 있을까

*바다, 강, 호수 또는 하천 등 수체의 바닥에 서식하는 생물들을 아우르는 말.
**염생식물 등 바닷가에 서식하는 생물은 물론 맹그로브 숲, 염습지와 잘피
림 등 해양 생태계가 흡수하는 탄소. 열대우림 등이 흡수하는 육상의 그린카
본과 화석연료에서 배출되는 탄소인 블랙카본과 대비된다.

녹색의 비명

제주 신양섭지해수욕장 해변이 사라졌다
녹색 갈파래 이상 번식으로 뒤덮인 채 썩어가고
바닷속은 온통 부영양화 물질로 숨막힌다

튀르키예 마르마라해 지중해 해변은
플랑크톤 점액질로 뒤덮여 질식해 죽어간다
아름다운 휴양지가 공포의 해변으로 변했다

칠레에서 중국에서 전 세계 해변에서
산소 부족으로 떼죽음하는 물고기들
강과 바다에 산처럼 솟아오른 물고기 공동묘지

육지의 오염물질 바다로 흘러 쌓이고
병든 바다는 죽음의 파도로 밀려든다
비료와 퇴비 유입으로 생긴 낙동강의 녹조 오염이
치명적 독성물질 마이크로 시스틴을 만들고
농축산물로 들어가 결국 사람들 먹거리가 된다
정자 수가 감소하고 병들어 죽고
이젠 인간 멸종이 코앞으로 다가왔다

사막이 된 바다 늘어가는 데드존*

강과 바다가 지르는 녹색의 비명

인간 멸종을 향해 돌아가는

째깍째깍 경고의 초침 소리 들리는가

*데드 존Dead Zone : 바닷속 용존산소가 부영양화로 사라져 결과적으로 생명
이 살 수 없게 된 지역, 1960년대 세계적으로 45곳에 불과했지만 심화되는 기
후변화와 환경오염으로 현재 700여 곳을 넘어섰다.

위험한 빚쟁이

버는 돈보다 나가는 돈이
더 많은 삶을 사는 사람들 있다
한 달 수입 200인데 350 쓰면서
부족한 돈을 여기저기서 빌려 메우는 사람
더 이상 빌려주지 않겠다는 친구를
야속하다 말하는 사람
낭비벽을 고치라 충고하는 친구를
고깝게 여기는 사람

사실 우리가 이런 사람으로 살고 있다
지구가 한 해 동안 생산하는 양보다
훨씬 많이 소비하며 사는 사람
지구가 해마다 1을 줄 수 있는데
1.75를 사용하면서도 뻔뻔한 우리
부족분을 앞당겨 쓰고 있는 우리
집을 잃거나 친구를 잃으면
새로이 구하거나 사귈 수도 있겠지만
지구가 더 이상 빌려줄 수 없다면
어찌할 것이냐 생각마저 없는데

하나뿐인 지구
소중한 친구를 완전히 벗겨먹고
망망한 우주 어디 가서 기대 살까
당겨쓴 빚이 쌓여 갚지 못하면
목숨으로 갚을 길밖엔 없는데

지구엔 플랜B가 없다

16세 소녀의 외침이
노벨평화상을 받았다

탈레반의 총격에 목숨을 잃을 뻔하고도
책과 펜을 들자고 여성 교육을 주장한
파키스탄의 말랄라 유사프자이

유엔기후변화협약 당사국총회 190개국 대표들 향해
당신들은 자녀들의 미래를 훔치고 있다고 쏟아낸
기후변화대책촉구운동가 스웨덴의 그레타 툰베리

반기문 전 유엔사무총장은
툰베리가 손가락으로 지도자들을 지목하며
내가 여러분들을 절대 용서치 않겠다고 말할 때
온몸에 소름이 돋았다고 회고했다

밤하늘에 보이는 멋진 별똥별은
어느 별 하나가 소멸하는 장면
평균 1.5도가 올라가면 망한다는데
지금 지구는 열이 나고 있다

구급상황이다

"제2의 지구는 없다
젊은이여 당신들 지도자들에게 도전하라"*
당신이 세상을 바꾸지 않으면
당신은 소멸하는 행성의 주민이 될 것이다

*반기문, 시민지성강좌(2023.6.7.) 한림대 비전홀.

천연기념물이 사라진다

나무 높이 30m
수령 250년 추정
합천 해인사 학사대 전나무
잿빛 도는 암갈색 껍질과
끝이 뾰족하고 뒷면에 흰 색 줄 있는 잎
홀연히 자취 감춘 신라 학자 최치원이
꽂아둔 지팡이라는 전설이 깃든 나무
2012년 천연기념물로 지정되었으나
2019년 태풍 링링에 꺾여진 나무
2020년 문화재 지정이 해제되었다

천연기념물로 지정된
노거수老巨樹 179그루가 위험하다
세계자연유산의 위협요인 1순위는 기후변화
평년값을 크게 벗어난 극한기온과
태풍 산불 등 자연재해에 취약한
나무들뿐 아니라
경기 연천군 은대리의 작은 연못에 사는
물거미도 위험하다

몸에 많은 털을 이용해
물 표면에 은백색 공기 집을 만들어
배에 붙이고 다니며 숨 쉬는 물거미
전 세계에 1종 1속만 존재하는 희귀생물
가뭄으로 자주 말라붙는 서식지에
겨우 생존하는 그들이
우리 모두의 앞날 모습이다

사막이 되어가는 바다 숲

바닷물 온도가 빠르게 높아져
'바다의 꽃'으로 불리는
'제주 연안 연산호 군락'이
난대성 해양생물 지표종으로 꼽히는
담홍말미잘에 뒤덮이고 있다
서귀포 문섬 일대 바닷속에선
법정 보호종 해송이 집단 폐사했다

우리나라 토종 돌고래
뭉툭한 머리에 등지느러미 없으며
'물빛에 광택난다' 하여 붙여진 이름
국제멸종위기종인 상괭이가 죽어간다
사체 발견 숫자가 해마다 늘어간다

'자연유산지킴이' 전문 다이버들이
유해생물을 제거하고 쓰레기를 치우지만
육지 오염물질 수온상승 해양산성화로
해조류 무성하던 녹색 바다 숲은
석회조류 뒤덮여 허옇게 죽어간다
서로 내 잘못이 아니라고 우기는 사이

바닷속에 사막이 생긴다
어쩌면 우리 아이들은
물에 흔들리는 꽃도 숲도 볼 수가 없다

그러나 궁금하다

어느 화가 한 분이
SNS에 사진 한 장과 글을 올렸다
원래는 잔디밭이었는데
주인의 게으름 탓에
이렇게 잡초밭이 되었노라고

민들레 개망초 클로버 제비꽃 참나물 명아주
돌나물 환삼덩굴 큰방가지똥 가시박 가시상추
뽀리뱅이 달맞이꽃 엉겅퀴 소리쟁이 쑥
쇠뜨기 고들빼기…

모두 이웃집에서 쫓겨난 애들이라고
버림받은 풀들이 내 작은 땅에
의지하고 있다고 측은해하면서도
잡초라는 핑계로 없애야 한다니
인간이라는 우쭐함으로
내가 저들보다 잘하고 있는 것이 무엇일까

"조금 있으면 개구리도 다니고
뱀도 기어나오겠네요

완벽한 생태계 복원이죠" 댓글을 달고
조금 지나니 답글이 왔다
"벌써 그들의 놀이터입니다 ㅠ"

3백 명이 넘는 분이 '좋아요'를 눌렀고
백여 개의 댓글이 달렸는데
대부분 보기 좋다고 그대로 두란다
그러나 궁금하다
실제로 그렇게 실천하는 사람들이 많은지

2부

내 탄소 발자국

감동의 비극

날씨가 포근해 정말 다행이라 했다
천둥소리로 무너져내리는
페리토 모레노 빙하 천 년의 기억
그 비참한 종말의 목격자로
푸르딩딩하게 서서 짐승 소리로 울었다

비 내리는 히말라야

안나푸르나 3, 4월은 건조한 봄 날씨
오랜 세월 상식이 무너졌다네
매일 오후 어김없이 내리는 비
기후변화 먹구름이 여기까지 왔다네

벗겨지는 열대우림

아마존 원시림이 사라지면서
열병 증세가 심해지고 있다
원형탈모에 숨 가쁘고
목이 말라 한 치 앞도 흐릿하다
3분의 1 남은 지구의 허파

소 방귀도 온실가스

이렇게 순박한 소들이
트림 하고 방귀 뀌면
온난화 원인물질 메탄가스 나온대요
이산화탄소보다 28배 많은
가축 1위 탄소폭탄이래요

왕부리새 투칸

외모로 사랑받는 새라고?
브라질 국조의 명예도 필요 없어
중남미 열대우림 벌목과 사냥으로
언제 사라질지 알 수 없는 생명이야
딱따구리목 왕부리새과 날짐승 운명

눈물 기우제

밤에도 잠들 줄 모르는
붉은 눈의 화마여
외눈으로 세상 봐온 잘못 인정하마
비 내려 진정하렴
제발 좀 용서하렴

붉은 사막도 한때는

광활한 초원과 우거진 숲
푸른 호수도 근처에 있었단다
아스라한 바람소리 거슬러오르면
뛰놀던 동물들 소리 들릴까
사막으로 변한 원인 추정만 무성할 뿐

무관심의 정면

정면은 항상 번듯한 줄 알았다
관심의 빛이 비쳐들지 않을 때
뭄바이시 후미 보고서야 알았다
모여들어 썩어가는 쓰레기는
무관심의 정면이다

또 산불

내 몸 같은 나무들이 타오른다
마른 낙엽 지뢰가 터지고
솔방울 탄환이 날아다니는
숲은 이미 전쟁터다
헬리콥터가 투입되어 물을 퍼붓지만
마을이 타고 사람들이 상한다

따뜻한 봄바람 불기 시작하면
나는 윗옷 벗어 논두렁 불 끄던
어린 시절 트라우마가 도진다
기후변화의 저주 뜨거운 바람이
호주에서 미국에서 한국의 동해안에서
숲을 태워 지구 허파에 연기 자욱하다
하루가 멀다 하고 나오는 산불 뉴스
나는 매일 숨막힌다

지구가 보내는 붉은 경고
도처에서 일어나는 거센 불길들
봄이면 마른 바람이 두렵다
인간들 시신 태우는 장작더미
갠지스 강가의 숱한 화장터가 떠올라
나는 너무 뜨겁다

북극곰 구하기

얼음 조각배에 탄
배고픈 북극곰 한 마리
낯선 별 착륙한 어린 왕자처럼
마냥 서서 빙산 보고 있다

빙하 위 바다표범 본 지도 오래
얼음 녹은 해안에서
죽은 물고기 찾아다니다
고립되었다

바다코끼리 턱수염바다물범 고리무늬물범
북극고래 흰고래 일각돌고래
빙하가 필요한 친구들 모두
어디로 가야 할지 모르는 처지

이산화탄소 1킬로그램당
2톤씩 얼음이 녹는다는데
북극 빙하 소멸로
자주 찾아오는 폭염과 폭우

화석연료 기대어
당장의 안락을 구할 것인가
온실가스 배출 줄여
북극곰을 구할 것인가

따뜻해진 바다에서 일어난
열대성 폭풍이
기후변화의 망령으로 되돌아와
사람 잡는 재난으로 닥치고 있다

한쪽으로 빙글빙글

하천이나 호수에서 살아가는
귀엽고 깜찍한 수달은
천연기념물 제330호이자
1급 멸종위기종
최상위 포식자로
물고기뿐 아니라 오리도 잘 잡는다

한쪽으로만 빙글빙글 돌고 있었단다
몸길이 41센티미터 어린 수달이
북한강 상류에서 발견될 당시
탈수와 탈진 심각한 무기력으로
구조되어 치료받다 4일 만에 죽었는데
밝혀진 원인이 수은중독이란다

북한강 상류의 파로호는
더 이상 청정호수가 아니었고
중금속과 수은으로 심하게 오염되어
혈관이 손상되고 간세포가 망가져서
방향도 잃은 헤엄을 치다가
처참한 경고로 세상을 등졌다

빙글빙글 돌던 수달의 춤
비틀비틀 지구도 추고 있다
지상의 생명들이
한쪽으로 빙글빙글 돌고 있다

킬링곡선*

"전 지구적인 지표면 평균온도가
처음으로 산업화 이전 수준보다 1°C 올라갔다"
2015년에 발표된 뉴스는 실상 마지막 경고였다
에너지원으로 화석 연료에 의존하지 말라!

『최종경고 : 6도의 멸종』
이 책은 끝까지 읽지 못한다고 한다
인간이 자연을 거스르는 대가로
1°C 오를 때마다 어떤 일들이 일어나는지
너무 차갑게 아프게 알려주기에
빙하가 사라지고 영구 동토층 붕괴되며
막대한 탄소를 방출하여 온도를 높이는 되먹임
고리대금업자의 이자처럼 불어나는 온도에
많은 도시 물 속에 잠기고
지구는 생명이 살지 못하는 행성이 된다

지킬 수 없는 약속이 되어버린
1.5°C 되기 전 온난화를 멈추자는 노력
4°C 가 되면 살아 있음이 무의미해진다
하늘 가까이 있는 급수탑 고원 빙하도 사라져

목마른 인류는 다 같이 하늘나라로 가든
다른 행성을 찾아가든 선택해야 한다

마우나로아산 관측소에선 지금도
가파른 살인 곡선이 그어지고 있다

＊대기 중에 포함된 이산화탄소 농도의 측정값을 나타낸 그래프. 1958년 하
와이 빅아일랜드의 마우나로아산에 있는 대기관측소에서 이산화탄소 측정을
시작한 대기 화학자 찰스 데이비드 킬링Charles David Keeling(1928~2005)의 이름
을 따 '킬링커브(킬링곡선)'라고 부른다.

벌들아 어쩌니

"11월 12월 월동기에 따뜻해서
봄이 온 줄 알았지요
일찍 핀 꽃 속에 꿀이 없어 떠돌다
꽃술 속 머리박은 채 굶어 죽은 친구도 있어요
힘없이 돌아오는 길에 찬바람 만나
땅에 떨어져 사라진 동료들
기생충과 살충제에 당하거나
전자파로 길을 잃어 집에 돌아오지 못한 죄
그것이 죄라면 어쩌겠어요"

그 많던 꿀벌들이
집단 실종됐다고 하더니
더웠다 추웠다 변덕스러운 날씨에
맥을 못추는 벌들아 어쩌니
곳곳 산불이라 꽃나무도 다 타버려
평생 벌 키우며 살아온 사람들
깊어지는 한숨 소릴 어쩌니

올해 벚꽃 개화가
102년 만에 가장 이르다고

3월 19일부터 난리가 났는데
일찍 핀 꽃들이 4월 초순에 벌써 져버리니
어쩌니 벌들아 어쩌니

채소와 과일이 먼저 식탁에서 사라지고
우유와 고기도 사라지면
그제야 우리는 죽어가며 깨닫게나 될까
"꿀벌이 멸종하면 인류도 4년 안에 사라진다"
아인슈타인이 예전에 했던 쓴소리의 의미를

쓰레기 최고봉

하늘의 이마로 불리는
히말라야산맥의 에베레스트
세계에서 가장 높은
쓰레기통으로 드러났다
녹고 있는 봉우리들이
시신과 쓰레기로 넘실댄다
허용한 지 62년간
270명의 등반가가
흰 눈 속에 고귀한 생을 묻었는데
이젠 쓰레기들과 함께
차례로 발견되고 있다

네팔 등 5개국에 걸쳐 있는
2,400㎞의 산맥에 있던 빙하가
1991년 이후 아주 빠르게 녹고 있다
산기슭 마을들 홍수와 산사태 위험에 들고
2023년 봄 등반 시즌에만
17명 산악인이 정상 도전 중 숨졌다
경험만으론 예측하기 어려운 날씨
기후변화로 더욱 변덕스러워졌단다

쓰레기 보증금제도가 생겼지만
늘어나는 등반 허가에
일렬로 봉우리 오르는 사람들에 비하면
청소 작업은 더디기만 하다
해발 8,848.86m 에베레스트 정상
오르는 자들이여
쓰레기를 되가져가라

내 탄소 발자국

아침에 눈 뜨면
수돗물 틀어 세수하고
냉장고 열어 반찬 꺼내 밥 먹고
TV 보고 에어컨 틀고
자동차 타고 밖에 나간다

틀고 열고 보고 타고
나의 일상이 탄소 발자국
온실가스 이산화탄소 배출의 흔적
나의 하루는 발자국 모여 쌓은 언덕
나의 일생은 발자취 모여 만든 산

가스를 탄소량으로 무게로 환산하고
이산화탄소 흡수하는 나무 숫자로 표시하는데
주 1회 승용차 이용 줄이고 대중교통 이용하면
연간 약 470㎏ 이산화탄소 발생량 줄일 수 있고
71그루 나무 심는 효과와 같다고 한다

운동을 위해 만보기 사용하듯
계산기 이용하여 나의 탄소 발자국

통계 내볼 수도 있다는데
내 몸 위해 다이어트하듯
생활 습관 돌아보고 생각을 바꿔
쌓여가는 발자국 줄일 수 있을까

탄소 발자국도 중독성 있어
쓰던 것 버리고 신상품으로 바꾸면
더 빨리 발자국 쌓여나가고
고층 빌딩일수록 생산지가 멀수록
발자국 숫자가 더 많아진다는데

오래된 옷 고쳐 입고
배달 줄이고 걸어나가 직접 사고
실개천 모여 큰 강물 되듯
태산으로 높아지는 내 발자국 언덕
조금씩 천천히 허물 수 있지 않을까

빙하의 피*

프랑스에 속한 알프스 고원에서
한 남자가 손으로 눈구덩이 파고 있다
흰 눈이 아니다
선혈이 낭자한 다홍색 눈
신문에 실린 한 장의 사진으로
핏빛으로 물든 알프스가 알려졌다

고도 1,250m부터 2,940m까지
지표 158곳 선정해 샘플 뽑아 연구한 결과
원인은 미세조류 때문이란다
바다의 녹조류 미세조류가
산 정상의 토양과 눈 속에도 있었다니

지구 대기 중 늘어난 이산화탄소를 먹고
엽록소를 가진 이 미생물이 늘어났고
녹색으로 보이는 엽록소 외에
다량 들어 있는 '카로티노이드'라는 색소가
강렬한 햇빛과 자외선에서 자신을 보호하기 위해
붉은 색으로 전면에 나타났다는 것

붉은 눈이 번져갈수록
더 많은 햇빛을 빨아들여
눈 녹는 속도가 빨라진다는데
'빙하의 피'는 기후변화의 결과물이면서
기후변화를 추가로 유발하는
원인이 될 수 있다는 소식
아, 알프스마저 피투성이로 죽어가다니!

*빙하의 피Glacier blood : 남극의 수박 눈watermelon snow도 같은 현상이다.

탄소중립포인트 에너지

전 국민 온실가스 감축 실천제도
이런 제도 있는 줄 아셨나요
환경부와 환경공단 지방자치단체에서
기후위기대응 위해 실시한다는데
그 흔한 방송 캠페인도 들은 적 없어요

전기, 상수도, 도시가스 사용량을 절감하고
감축률에 따라 탄소포인트를 부여하는
지속 가능한 제도로 나도 직장도
아파트 단지도 학교도 참여할 수 있다는데
인센티브로 현금도 받을 수 있다는데
에너지 절감에 참여할 생각 없으신지요

동네를 조깅하며 쓰레기 줍는 플로깅
일회용기 안 쓰고 텀블러 가지고 다니기
육류 식사 줄이고 채식 식단 늘리기
리필용품 쓰고 장바구니 휴대하기
액체비누 대신 고체비누만 쓰기
나의 하루가 달라지면 지구를 구할 수 있어요

캠페인 문구인지
어설픈 홍보문인지
시를 쓴다며 뭐하는 건지요
지금 발등에 불붙었는데
시인 체면 차릴 거 뭐 있나요

오렌지 포그*

캐나다 전역에서 발생한 산불이
강풍에 빠르게 번지고 있다
오렌지색 매캐한 연기가 하늘을 뒤덮은
미국 뉴욕시 퀸스의 한 초등학교에선
1학년 꼬마가 큰소리로 울기 시작했다
"하늘색이 이상해 무서워요"
야외활동이 취소되어 복도에서 뛰는 아이들
한쪽에선 어지럽다고 징징대는 아이들과
건강을 염려해 아이를 일찍 데리러온
학부모들이 뒤섞여 학교는 전쟁터로 변해갔다

록펠러센터 주변에서
신기한 오렌지빛 하늘 사진을 찍던 관광객들
눈 아프고 목이 따끔댄다며 돌아갔다
"이처럼 무서운 광경은 처음입니다"
"화성에 있는 것 같아요"
2023년 6월 7일 오후 4시
뉴욕시 공기질지수AQI는 413까지 치솟아
평소 AQI 50 미만을 누리던 시민들에게
1999년 이래 역대 최악이었다

항공기가 결항하고 휴교령이 내리고
동물원의 동물들도 우리로 돌아갔다
메이저리그도 뮤지컬도 취소되고
편의점에 방역용 마스크가 동났는데
한 달 전부터 캐나다 414곳에서 발생한 산불 중
239건이 통제불능 상태라고 했다

미국 북동부 지역을 뒤덮은 매캐한 연기가
8일엔 대서양 너머 북유럽까지 번져나가고 있다
삶과 지역사회를 흔드는 기후위기
점점 더 심상치 않다
전례가 없으니 손쓸 수 없고
손쓰지 못할 만큼 파괴적이다

＊오렌지 포그Orange Fog : 지구에 산불이 나면서 오렌지색 연기가 하늘 가득
안개처럼 긴 상태.

탄소 시詩

탄소시엔 탄소시장이 열린다
탄소 아파트에서 나온 아줌마들이
탄소 식품 사며 탄소 경제 얘기하고
탄소 치킨 시켜
탄소 방울 풍성한 맥주를 마신다

온실가스 거래하는 탄소시장에서
배출권 미리 사서 수익을 올렸다며
노하우를 자랑하는 사람
탄소가격제도의 문제점 따지며
탄소세가 오르는 국제무역에서
탄소국경조정에 관심 기울이라 한다

탄소중립 카페에선 탄소 음악이 흐른다
재생에너지로 볶은 콩
탄소 커피는 날씨 따라 맛이 다르다
탄소 패션쇼 중계를 봤다는 여자와
저녁 탄소 문학제에 초대받았다는 여자가
나란히 RE100 캠페인 적힌
스타벅스 사은품 가방을 들었다

탄소감축이 인류의 보편가치라며
탄소시로 이사를 추진한 집사람 때문에
나는 오늘 저녁 내일까지 마감인
탄소 시 한 편을 마무리해야 한다

아듀 쓰레기

우리 사는 곳은 왜
쓰레기로 넘쳐날까
지구 절반이 쓰레기로 뒤덮일까
인간이 버린 것이 돌고 돌아
물고기와 동물의 배 속에
날아다니는 새들 모래주머니 속에
비닐과 플라스틱으로
불후의 제국을 세웠을까

아이러니하게도
100일간 100만 명이 학살되어 쓰레기처럼
시신들 널려 있던 아픈 기억 가진 나라
르완다엔 2008년부터 비닐봉지 금지되어
세관원들 입국하는 여행객 짐 모두 뒤져
비닐봉지를 빼앗아간다는데
수도 키갈리가 세계에서 가장
깨끗한 도시가 되었다는데
천 개의 언덕을 가진 이 나라가 앞장선
무모한 정책이 왜 부러워지기도 하는 걸까

예술작품으로 탄생 된
오스트리아 빈의 슈피텔라우 소각장
쓰레기 태운 재로 에코 벽돌 생산하는
일본 무사시노 클린센터
1유로 재사용 컵으로 보증금 환불제도 정착시킨
'친환경 수도' 독일 프라이부르크

재활용 쓰레기 가져오면 채소로 바꿔주는
브라질 쿠리치바의 녹색 교환 프로그램
많은 나라들 머리 짜내고 있으니
분리수거 잘하는 우리도
깨끗해질 수 있을까

띵똥~ 현관문 초인종이 울리네
택배가 배달되었다는 신호
초고속 무한소비 경제
초고속 쓰레기 생산체제
불후의 이 제국을
어떻게 무찔러야 하나

＊이동학, 『쓰레기책 -왜 지구의 절반은 쓰레기로 뒤덮이는가』 참고.

3부

미세플라스틱 커피 한 잔

철모르는 것들

알싸한 향 노랑 동백
소담스레 내린 봄 눈
부지런히 일만 하며 살아온 꿀벌

다 죄 없는 것들인데
철모르다 가는구나

규화목*

우리가 지진으로 갑자기 묻힌다면
깜깜한 지층에서 돌이 된다면
폼페이 미라처럼 먼 훗날 보여진다면
이런 얼굴 하고 있을까
문득 떠오른 최악 시나리오

*지하에 매몰된 식물의 목질부가 지하수에 용해된 이산화규소와 치환되어
돌처럼 단단해진 식물 화석.

배고픈 표정

지구의 절반이 굶는다는데
사람들 이야기만 하는 줄 알았다
먹을 것 줄어드니 어쩌겠는가
배고픈 기린들 표정을 보아라
바싹 마른 대지에 죽음의 그림자

번성하라

물고기 알을 낳고
알이 물고기 되고
새싹이 꽃 되고
꽃이 열매 고
관심에 관계없이 대대로 이어가라

나무야 나무야

봄 햇살에 가지마다
콸콸 물오르는데
얼어붙은 듯 서 있는 나무야
얼마나 괴롭니 얼마나 아프니
산에서 만나는 암병동 환자

불가사의 샘 찾기

시크 협곡 돌고 돌아 입 벌리고 마주친
붉은 장미 페트라 알카즈네 신전
사암절벽 깎아 새긴 장대함에 놀라고
수천 년 전 물 끌어온 수로에 놀라고
말라가는 지구 어디서 모세의 샘 찾을까

기후변화 취약 수종

산길 걸을 땐 유심히 볼 일이다
소나무 분비나무 가문비나무 구상나무
높은 산 침엽수림 이상해졌다
꼿꼿하게 겨울바람 받아내던 상록수
때 이른 퇴역이 멀지 않았다

거짓말 같은

맛있게 멋있게
먹고 쓰고
우리가 버린 쓰레기는
어디로 갈까
검은 통들을 돌고 돌아
연기가 되거나
거짓말 같은 산이 되거나
싸게 팔려 가난한 나라
숲으로 가고 바다로 가고

배고픈 소들이 먹고
비닐에 체해 죽고
덩치 큰 코끼리들 먹고
플라스틱 똥을 누고

물을 먹고 흙을 먹고
바람을 먹고 햇빛을 먹어
하얗게 변신한 것들이 돌아와
내 코를 핥고 입술을 빨고
야금야금 사정없이

우리를 통째로 먹으러 온다
사방에 널름대는
헛바닥을 보아라

보이지 않는 그물

극성스러운 참새 떼가 벼를 쪼아먹어
수확량이 감소한다는 보고를 받고
전국의 참새 박멸운동을 지시했다는
중국의 지도자 마오쩌둥
벼 수확량 증가와 반대로
수천만이 굶어죽는 대기근이 왔다는데

벌레를 잡아먹는 참새가 사라지자
해충이 창궐하여 벼를 공격했기 때문
지구촌을 휩쓴 코로나19 팬데믹으로
국경이 폐쇄되고 공장들이 멈춰서자
사회적 거리두기로 사람들 아우성쳤지만
파란 하늘색 돌아오고
꽃들 더욱 영롱해져 신기했잖아

뒤늦게 알게 되었던 거야
보이지 않는 그물로
촘촘하게 연결된 생명공동체
자동조절 복원기능을 가진 지구가
몸살을 앓다가 극약처방을 했던 거야

그랬던 거야
'멈출 줄 모르는 욕망으로 번식하는
바이러스 같은 존재'*
이렇게 자꾸 반복해 보여주는데도
인간들이 미련하게 모른단 거야

* 영화 〈매트릭스〉(1999년 개봉)에서 스미스 요원이 인간을 규정한 말.

굴꽃

'조새'*로 껍데기 모서리 쫄 때마다
유백색 통통한 굴이 나왔다
입 안 가득 차오르는 향기

2007년 12월 7일 아침 7시
유조선에서 쏟아진 원유 1만 2547㎘
태안반도 해안 가득 출렁이던 검은 파도

절망 모퉁이 돌아 14년 지났다
푸르러진 바다에 굴 수확 한창이다
감칠맛 꽂히는 젓가락마다
칭칭 감겨 오르는 시퍼런 희망

123만 명 모여들어 기름을 퍼담고
수건으로 새카만 바위를 닦아냈단다
회복에 걸린다던 수십 년
전문가들 예상 뒤엎고 바다는
달려왔던 사람들 손으로
서둘러 기억을 돌려주고 있다

하늘은 보고 있었구나
정성의 선물을 준비하고 있었구나
검은 파도가 흰 꽃으로 피다니
이건 꽃이다 바다의 꽃이다

*쇠로 만든 갈고리. 굴을 따거나 까는 데에 쓰인다.

인공 눈 올림픽

스키 초보로 열정 넘치던 시절
야간 연습에서 생긴 자신감으로
아침 일찍 내리달리다 넘어지던 기억
꽁꽁 얼어버린 슬로프의 역습

100% 인공 눈 첫 작품이라지
훨훨 날던 선수들 줄줄이 넘어지는
베이징 겨울올림픽 스키 슬로프
어찌할까 자연 눈 내리지 않으니
더 이상 춥지 않은 겨울을 어이하리

평창올림픽 치렀던 가리왕산 슬로프에
식물 복원이 더디다고 하는데
따뜻한 겨울올림픽을 위하여
지구의 산등성이들 중병을 앓을지

앞으론 못할 수도 있을거야
피눈물 4년 연습 참가해 넘어지던
내로라하는 선수들만큼이나
비명을 지르네 인공 눈 올림픽

순록의 태풍*

북극권에 모여 사는 순록들
새끼와 암컷들 가운데 두고
원을 그리며 뱅뱅 도는 태풍의 눈 만들었네

순록 떼를 겁먹게 한 포식자는
탄저균 예방접종 하러온 수의사
빨라진 지구온난화로
툰드라 동토의 얼음이 녹고
숨어 있던 탄저병 바이러스가 나와 퍼져
순록들 감염시켜 죽게 만들자
올 수밖에 없었던 천사가 악마로 비추어진 셈

생각지도 못했던 악순환
주사 맞히러 몰아넣어야 하는 사람들과
영문도 모르고 위협에 대응해야 하는 순록들
소란을 괴롭게 바라보게 된 숲의 나무들
추운 북극에서 대대로 살아온
슬픈 생명들의 딱한 춤사위

* 순록의 태풍Reindeer Cyclone.

미세플라스틱 커피 한 잔

점심 먹고 총총
받아들고 들어가는
테이크아웃 종이컵 커피

매일 한 잔씩 즐기던 시간이
세포를 죽이는 신경독성물질 되고
혈관 따라 몸 전체로
뇌 속까지 흘러다니고 있다니

무심코 버린 플라스틱
돌고 돌아 내 몸속 축적되어
칼날이 되었다

편리함에 올라타 놀다보니
종이컵 하나에서 20개씩 나왔다는
5mm 미만 플라스틱 조각들
연간 7300여 개 미세플라스틱으로 쌓여
숭고한 정신의 우리 존재가
독한 쓰레기 저장소 되었다

대왕 오징어

길이 3m 무게 80kg 오징어가
항구에서 산 채로 잡혀 올라오고
'용궁의 사자' 산갈치가 나타나자
일본 열도가 들끓어올랐다
심해어를 보는 얼굴들 흙빛 되었다

흰 눈을 머리에 이고 있는
후지산이 이상해지고 있다
참새들 사라지고 곤충들 늘어나고
오래된 동굴 속 얼음이 녹았는데
주변 여기저기서 뜨거운 화산수가 솟구친다
1707년 마지막 분화되었던 산이
언제 폭발할지 모른다는 두려움
예고된 재앙이라 말하는 사람들 얼굴엔
근심이 빵효모처럼 부풀고 있다

긴 팔 휘저으며
깊은 바다에서 올라온 대왕 오징어
후지산 구름 위를 헤엄치며
뭐라고 자꾸 외치는데
주파수 안 맞는 우리 귀만 먹통이다

새똥광을 아시나요?

친환경 농사를 지어온 호수에
떼죽음 물고기가 떠올랐다
오랜 조사 끝에 나온 결론은
신재생에너지 사업으로 설치된
태양광 패널에 뒤덮인 새똥을
씻어내느라 사용한 세척제 때문

철새도래지 새만금 해창만 삽교호
전국 곳곳 뒤덮은 검은 패널
수상 태양광이 드넓은 새똥광판 되었다네
가창오리 큰고니 큰기러기 도요새 노랑부리저어새
늘 하던 대로 날아들어 놀다 쉬다 간
새들에게 무슨 죄 있으랴
새똥 씻어내고 5분 만에 다시
재빨리 복원되었다는 새똥광에서
생산되는 전기가 얼마나 될까

새 머리보다 못한 머리의 인간들이
돈에 미쳐 저지른 일로
새들은 하늘로 뜨지 못하고

물고기는 물속을 달리지 못하고
영문 모른 채 세상을 뜨는구나
눈 뜨고 이 악문 재앙을 맞는구나

미란성 위염

성인 열 명 중 네댓 명은 가지고 있다는 병
심각하지 않기에 곧잘 무시되는 병
위 점막에 생기는 얕은 염증
자극적 음식 음주 흡연 스트레스 등으로
때론 헬리코박터균 감염으로 시작되어
속이 쓰리다고 병원을 찾았다가
낯설고 귀여운 이름에 웃으며 나오는 병

맵고 짠 음식 좋아했다고
반성 없이 얘기하는 사이 사이
불규칙한 식사 습관 바꾸지 않는
관대한 자신에게 미안해하지 않는 사이
위 점막 출혈과 급성 궤양으로
어느 날 갑자기 심각해지듯

넘쳐나는 쓰레기와 환경오염
기후 위기에 무관심한 사이 사이
설마하면서 미루고 방치하는 사이
지구가 앓고 있는 병이 자라
회복 불능의 상태가 되면

누구를 원망하랴 누구를 비난하랴
속 쓰려본 사람들은 말하라

플라스틱 차이나

2017년 개봉한 다큐멘터리 영화
〈플라스틱 차이나〉를 보셨나요
2018년 이전까지 중국은
세계의 휴지통이었던 나라였지요
전 세계로부터 56% 이상의 쓰레기를 수입해
연료로도 쓰고 재활용해 되팔기도 했지요
2018년 1월부터 수입을 금지하자
수출하던 선진국들 난리가 났습니다

동남아시아 개발도상국으로
쓰레기를 가득 실은 컨테이너선들이
몰려가기 시작했지요
1989년 3월 스위스 바젤에서
개발도상국 주도로 협약이 탄생했습니다
유해 폐기물이 국가 간 이동할 때
사전 통보하도록 하자는 것
2019년 4월 열린 회의에서는
180여 국가의 압도적 동의를 얻어
플라스틱 폐기물을 협약에 추가했어요

선진국 대열에 들어섰다는 한국도
2019년 4월 필리핀 환경단체의 고발로
유해 폐기물 실린 컨테이너가
국제 외교 문제로까지 비화하자
평택항으로 되돌아와야 했습니다

신 포도가 된 바젤협약
지금은 온전히 지켜지고 있을까요?

산양아 비키니 입어봐

5백 년 만이라던가 2022년 여름
유럽 대륙이 폭염에 들끓었네
여기저기 산불 타오르고
강과 호수의 바닥이 드러나
감춰졌던 역사 유물들 드러났다네

여행에서 만난 사람들의 대처법은
그저 비키니 비슷한 최소한의 옷을 입고
뜨거워진 거리를 걸어다니는 것

서식지의 온도가 올라
희귀 보호종인 산양이 사라질지 모른다는데
내가 해줄 수 있는 멋쩍은 제안
북극으로 이사 갈 수도 없는
태백산맥의 가엾은 산양들아
너희들도 비키니를 입어봐

4부

맹그로브 숲

위기의 틈새

전쟁 위기
전염병 위기
기후 위기
인류에게 닥칠 수많은 위기
위기의 틈새에서 꽃은 피어난다

펭귄의 상상력

남극 얼음 녹는 속도가
상상 이상으로 빨라지고 있다
흰 눈밭을 디뎌야 할 오렌지색 발
날개도 접고 눈도 감고
스포츠카 빠른 속도를 상상이나 할까

배경이 좋으려면

인생 샷 한 장 남겨보러 왔다고 했다
바쁜 틈새 마음먹고 떠나온 여행
물도 좋고 산도 예뻐
최고의 배경이 선물이라 했다
잘 보존해준 분들께 고맙다고 했다

악마의 목구멍

땅 위의 폭포는 축복이다
큰 물 이과수
생명 살리는 젖줄

천둥 소리로 밤낮 외친다
무엇이든 삼키려는 목구멍 조심하라

초록이 필요해

새도 사람도 쉴 수 있는 곳
햇살이든 그늘이든 좋으면 좋은 대로
돌이 쌓인 가슴에 공원이 필요해
석고상 되어가는 시민들 살려줄
미세먼지 걱정 없는 초록이 필요해

이런 아이디어

찌는 날씨에 눈에 띄었죠
더위 식히며 천천히 마셔요
빈 용기 재활용으로 돌려주는
1천 원은 생활 속 환경 캠페인
다카시예요 광고 카피 아니에요

킬리만자로 버킷리스트

조용필 노래를 아는 이들은
얼어 죽은 표범 봤느냐만 관심이다
아프리카 최고봉 우후루는 자유라는 뜻
내가 5,895m를 죽어라 오른 동기는
정상의 얼음 녹기 전 보고 싶다는 소망 하나

태초의 우주

우주여행
해보지 못한 나에게
지구별이 아름다운 이유는
나무들 있기 때문이다

하늘 햇살 받아
나쁜 공기 걸러내며
편한 숨 쉬게 하는 이
변함없이 그 자리에 있으면서
끝없이 변화하는 당신 때문에
난 맘놓고 하늘을 본다

껍질 쓰다듬으면
나이테 먼저 만져지는 이여
뿌리 곁 생명들 품고
계절을 서둘러 건너는 이여
땅속으로도 하늘로도 오르내리는
무한대의 자유

가로변 은행나무

동네 어귀 느티나무
봄 화살나무
가을 붉나무
나에겐 모두 태초의 우주다

바오밥 나무

사막이 아름다운 것은
어딘가에 샘을 감추고 있기 때문이야*

나무가 아름다운 것은
끝없이 변하면서도 제자리를 지키기 때문

욕심이 많은 벌로
뿌리가 뽑혀 거꾸로 자라게 되었다는
몸속에 저수지를 가진 나무
오랜 가뭄에도 수천 년을 살아온
아낌없이 나눠주는 덩치 큰 성자

기후변화로 죽어가고 있다네
벼락을 맞아 가지가 부러지고
이상고온과 가뭄으로 목말라
잇달아 지상에서 사라지고 있다네
십자가에 못 박힌 예수님처럼
지구온난화를 초래한 우리들 잘못으로
지축을 울리며 넘어지고 있다네

바오밥이 사라진 지구는

샘이 말라버린 돌덩이 사막

＊생텍쥐페리가 쓴 『어린 왕자』의 한 구절.

유통기한

음식이 버려진다
그 많은 고기 생선 빵 김치
배를 곯는 사람들에게
나눠주면 좋을 텐데
유통기한 지났다는 이유 하나로

지구 한 켠에선
배고픈 아이들
쓰레기더미 뒤진다
동물들도 눈치보며 먹을 걸 찾고
지구의 절반이 굶주리고 있다

5초에 한 명씩
10세 미만 아이가 굶어죽고 있는데도
대형 마트일수록 대량으로 버린다
대량소비의 미덕을 위하여
곡물 가격의 유지를 위하여

아까운 걸 모르는 아이들과
알면서도 모른 척하는 어른들과

기후변화 흉작으로 책임돌리는 학자들
목숨 역 정차 신호 무시하고 달리는
뒤룩뒤룩한 욕망 열차 타고 있다

이런 말씀도

"사랑하는 사람이 없다면
우주가 다 무슨 소용이겠어요.
발 아래로 시선을 떨구지 말고
고개를 들어 별을 바라보세요."

이 말씀만으로도
존경과 사랑받기에 충분한
스티븐 호킹 박사님*이
별나라로 가시기 전
이런 말씀도 남기셨다

"인류가 살아남기 위해서는
결국 다른 별로 떠나야 할 것입니다.
지구온난화는 이제
돌이킬 수 없는 전환점에 다다랐습니다.
이를 부정하는 사람을 만나면
금성으로 떠나라고 말하세요."

"이 세계가 중대한 환경 위기를
목전에 두고 있는 지금 이 순간에도,

정치인 중 다수는
인간이 초래한 기후변화의 현실을 부정하거나
그것을 되돌릴 수 있는
우리의 능력을 부인하고 있습니다."

＊우주론과 천체물리학을 전공한 영국의 천재 물리학자로 루게릭병에 걸렸지만 장애를 극복하고 우주의 신비를 벗기는 일에 매진했다.

초원을 회복할 수 있을까

눈이 시원한 들길 걸으며
길 옆 지천인 검붉은 열매 따먹던
무슨 무슨 베리라는 이름 외우며
혀끝 새콤달콤한 맛에 취하던
캐나다 에드먼턴 교외에서의 기억
초원 위에 핀 들꽃처럼 소들처럼
왠지 그곳 사람들 둥글둥글 순해보여
사람도 자연을 닮나보다 생각했지

국경 넘어 미국 시카고에 오니
발걸음들 엄청 빠르고
밤새 끊이지 않는 경적과 사이렌 소리
살아남기 위해 깍쟁이 되어버린 얼굴에
툭툭 내뱉는 차갑고 정확한 말들이
높은 건물 쳐다보다 멍해진 귓전 두드려
촌놈 처음 서울 갔을 때 느낌과 비슷했는데

이렇게도 분위기가 달랐구나
농촌에서 자란 어린 시절과
성인 되어 체험한 대도시 표정이

초원이 절반쯤 머리에 들어와 사는 사람과
고층 빌딩 절반쯤 몸에 들어와 사는 사람이

초원을 회복할 수 있을까
경쟁에서 이기는 냉정보다
지는 자의 여유로운 미소를
꿈을 부풀려 얻은 절망보다
자연스레 자연이 된 희망을

지옥의 피안

경이롭다고 했다
인류는 지난 200년간
100배의 물질적 발전을 이루었다고
무자비하게 자연을 무찔러
스스로를 100배나 파괴했다고

지구 역사 45억 년 동안
다섯 번의 대멸종이 있었다는데
모두 자연현상이 원인이었다면
2050년으로 예상되는
제6차 생물 대멸종은
인간이 자초한 최초의 것이 될 것이라고
과학자들은 말한다

발전이 퇴보이고
성장이 몰락이며
생산이 파괴인 역설
인간 멸종이 목전에 와 있는데
현란한 게임에 빠져
우린 더 이상 자연의 책을 읽지 않는다

지구가 아프다

주변에 아픈 사람 많다
멀쩡하던 분들이 아까운 나이에
이런저런 이유로 세상을 떴다는
이야기 들려오는 저녁
새초롬한 눈을 뜬 가로등은
눈시울 붉은 빛 뿌린다

어디서든 실시간으로 날아드는
죽은 사람들 소식
전쟁과 재난은 늘 있었다지만
마음 병든 이가 애매한 이들 죽였다는 소식에
어스름 골목집들도 일찍 불을 끈다

지구가 아프다
숲속 나무도 기어오르는 벌레도 아프다
끼룩끼룩 줄지어 이동하는 기러기도
아가들 먹이 구하러 나가는 등목어도
사람들처럼 몸과 맘이 아프다
아프다고
그냥 죽을 순 없다고

인간중심주의 대륙

자연을 이해하고 경배하며
우주와 하나 되어 살고 있던
원주민들 쫓아내고
땅을 착취해 사용하려고만 했던 사람들

엄청나게 많던
바다쇠오리와 나그네 비둘기를 멸종시키고
6천만 마리에 달하던
아메리카들소를 다 없애버린
힘센 지배자들 사는 땅에

카트리나 매슈 아이다 플로레스 다비 로라
줄줄이 초강력 허리케인이 다녀갔다
앞으로도 계속 올 것으로 보인다
곳곳에 산불 치솟고
신대륙에 가득했던 원시림과 공기는
평정을 누르고
나날이 야성野性을 더해간다

인간중심주의는 오만과 욕심으로 망했다

이윤추구로 지구를 황폐화한 죄로
이 땅의 원주민들처럼
우주의 책을 다시 읽어야 한다

맹그로브 숲

이 나이 되도록 나는
여태껏 길을 물으며 다녔다
들판이나 산속에선
차라리 찾기 쉬웠지만
사람들이 버글대는 도시의 빌딩 숲속에선
방향조차 가늠하기 어려울 때가 많았다

사람들에게 길을 물으면
자신도 낯선 여행자라 모른다 했고
어렴풋이 알면서도 귀찮아 대답을 피했다
가끔 아주 친절한 사람이 있었는데
그의 눈 속은 비취색 풍경으로
가득 차 있는 듯했다

마침내 내가 찾아낸 곳은
불덩이가 되어가는 땅 끝에 있었다
꾸부정한 붉은 게 다리로
바닷물을 물고 서 있는 집들
주렁주렁 수세미 같은 열매를 달고
수상한 냄새 풍기며

물고기들을 숨겨주고 있었다

나는 그 집들 중 하나에
숨어살고 싶었다
내가 바로 길이라 자처하는 괴짜들과
풍뎅이보다 못한 허풍쟁이들로부터
되도록 멀리 떨어져 있는 곳
사나운 파도가 하얗게 부서져
뽀얀 물보라 시원한 녹색 지붕 밑
연두색 그물침대 속에서 흔들리고 싶었다

어떻게 식힐까
어떻게 삭힐까
어떻게 잠들까 걱정 없이
지나온 모든 길들 지우고 싶었다
4억 5천만 년 전 지구 멸종의 기록부터
지금까지 있었던 모든 소멸의 역사를
리셋버튼 눌러 초기화하고 싶었다
언제 발견될지 알 수 없는
삼엽충 화석이 되고 싶었다

잉카 옥수수

낯선 땅 라틴아메리카
잉카인들이 살던 안데스 산악마을
페루 쿠스코에서 오래된 원주민을 만났다
한사코 야생을 고집하는 과나코나 비쿠냐
사진 모델로 등장하는 라마나 알파카 아닌
큰 쥐 같기도 하고
토끼 얼굴을 닮은 것 같기도 한
야생에서 가축으로 애완동물로 진화한
기니피그guinea pig라 불리는

보송한 털과 따뜻한 감촉으로
만났더라면 좋았을 텐데
우아카타이 잎을 배 속 가득 채우고
쿠민 향신료 뿌려져
박하 향 은은한 통구이로
큰 접시 침대에 뉜 채로였다
귀한 사람들만 먹던 보양식이라 했다
하이~ 꾸이Cuy

어떻게 그걸 먹을 수 있냐는 말에

전통에 편견은 안 되지 하면서도
대뜸 먹기가 난감하긴 했다
함께 담겨온 통마늘부터 시작했는데
아무래도 마늘 맛이 아니었다
물어보니 옥수수
코리칸차 신전에 빛나던 황금 옥수수밭

코카나무 잎을 씹으며
잉카인들이 산자락 계단식 밭으로 안내했다
넘치는 음식물 쓰레기를
버리러다니던 나를
물끄러미 바라보던 이들이었다
굵은 옥수수 알들이 별들처럼 쏟아지고
인류를 먹여 살린 감자들이
주먹을 마주치며 환영 인사를 했다
아마존 우림을 가로질러
모처럼 천 년 전 바람이 불어왔다

내 안의 강

길을 걷다 가끔은
나루를 만나고 싶을 때가 있지
구부러진 강기슭 물소리로
모진강이나 신연강처럼 지금은 없어진
아득한 나루터 이름들 부르며
강바닥 깨끗한 모래를
만져보고 싶을 때가 있지

삶을 쪼개거나 쥐어짜면
시가 나오는 줄 생각한 적 있었어
바람 닿으면 이파리 뒤집으며
흐느끼듯 떨리던 키 큰 미루나무
그렇게 떨릴 수 있으면 된다고
강가에 오래도록 서 있는 그림자 안고
물비늘 반짝이며 찰랑일 수 있다면
그게 시가 아닐까 생각이 바뀌었지

내 안의 강엔 녹색 숲 자라고
하얀 조약돌과 은빛 물고기들 있으면 돼
가끔 물총새 뛰어들며 메멘토 모리

죽음을 기억하라 외쳐주면 돼

네가 죽을 때 세상은 울어도

너는 기뻐할 수 있도록 그런 삶을 살라고*

진실에 이르는 두 길 :
인간학적 현실 혹은 전지구적 위기

김석준/ 시인, 문학평론가

1. 글을 들어가며

장승진 시인의 시집『인간 멸종』은 투 트릭 전략, 즉 일종의 이종교배를 통해서 "인류세Anthropocene"(「시인의 말」)에 강력한 경고의 메시지를 전하고 있다. 시말은 강렬하고 이미지는 투명하다. 엄밀하게 말해서 일반적으로 디카시와 자유시는 장르상 다른 영역에 있고, 시를 쓰는 기법 또한 엄격하게 구분되어 한꺼번에 같은 자리에서 논하는 것이 그리 쉬운 것만은 아니다.

그런데 시인은 그러한 구분을 무시하고 일종에 하이브리드 기법을 십분 활용해『인간 멸종』을 이중의 서사로 이끌어가고 있다. 총 4부로 구성되어 있는데, 각 장의 전반부는 디카시를 후반부는 자유시를 수록하면서, "에밀리 디킨슨의 진심"(「시인의 말」)을 에둘러 표현하면서, 이 세계의 진실을 심문하고 있다.

대저 장승진 시인이 에밀리 디킨슨에게서 깨달은 저 "진실"(「시인의 말」)의 정체는 무엇이고 인간학은 어떤 진실을 추구하는가. 시인이 초지일관 자연과 세계에 응고된 인간학적 문제를 환경이나 기후 문제로 압축 굴절시켜 삶의 현실을 직시하고 있는데, 과연 그것은 어떤 의미의 진실을 지시하는가? 더 나아가 시인이 에밀리 디킨슨처럼 진실을 비스듬히 말할 때, 과연 진실은 어떤 의미의 실재와 마주서는가?

온 세상 어느 곳에서도 진실은 존재하지만, 우리는 눈앞에 떠다니는 진실을 외면한 채 너무도 잘 살아가고 있다고 믿는다. 아니 시인이 전개한 일련의 시말운동은 진실을 비스듬히 말한 것이 아니라, 직정의 언어로 바로 지금 여기의 현실을 이미지의 형상으로 표현하고 있다. 경고의 메시지는 엄중했고, 이 세계에 대한 시인의 사랑은 절실했다.

말하자면 『인간 멸종』은 현재 우리가 처한 인간학적 현실을 아무런 수식 없이 있는 그대로를 다큐멘터리처럼 드러내고 있는데, 어쩌면 그것은 삶의 진실에 이르는 지름길인지도 모른다. 왜냐하면 장승진 시인이 전개한 일련의 시말운동은 "하나뿐인 지구"(「시인의 말」)를 너무도 사랑한 간절한 호소의 전언이기 때문이다. 따라서 이미지의 목적은 시말에 이르는 진실의 통로이고, 시말은 이미지 전체를 지배하는 지구에 대한 시인의 사랑이다.

2. 디카시 : 진실에 이르는 인간학적 거울

시인은 천 개의 고원 위를 떠도는 노마드이다. 아마 지금 자연인 장승진은 히말라야 어디쯤을 뚜벅뚜벅 거닐면서 인류의 암울한 미래를 상상하고 있을게다. 시말은 담백했고, 자연의 다양한 풍경을 포착한 이미지는 정갈했다. 시말의 품격은 시인의 품격이다. 진실에 이르는 시인의 태도는 진중하지만 진솔했다. 왜냐하면 그는 이 세계가 만들어진 진정한 의미를 찾아떠나는 구도자의 모습과 거의 동일했기 때문이다.

따라서 장승진 시인이 디카시를 쓰는 이유는 "대자연의 경이"(「안 되는 이유」)를 있는 그대로의 자연으로 소묘하면서, 점점 훼손되는 자연 환경에 대한 경고의 메시지를 전달하기 위해서이다. 시인이 포착한 이미지들이 아름다우면 아름다울수록 삶의 현실은 점점 황폐되고 있다. 때론 자연이 가져온 "영혼 깊숙이 전해지는 상쾌함"(「내 몸도 자연이다」)을 향유하면서, 때론 자연의 생령들을 위해 "눈물"(「꽃이 피는 이유」)도 흘리면서, 시인은 "세상 무거운 짐"(「짐 진 자들아」)을 떨어내기 위해 노력 중이다.

"소와 달구지의 평화"(「그 시절」) 혹은 "의암호 물빛"(「인어가 온 이유」)에 비춘 사랑의 "염원"(「큰 그림 칸델라브로」). 우리는 어떻게 살아야 하는가? 우리는 어떤 목적을 위해 달려가는 마지막 비상구인가? 자연인 장승진에게 이 세계는 진리의 실재를 의미하는 것 같은데, 그러한 시인의 믿음에도 불구하고, 인간학은 "죽음의 그림자"(「배고픈 표정」)를 드리운 채 항상 "최악의 시나리오"(「규화목」)만을 작성하며 몰락에 이르는 중이다. 슬프고 안타깝다 못해 눈물이 나기까지 한다.

하루의 첫 햇살 하는 말

밤새 안녕?

천 년 전에도 똑같았을 풍경

거울처럼 되비치네

지구야 아직 안녕?

—「햇살 거울」전문

　오늘이 내일로 반복되지 않으면 오늘이 존재하지 않는
다. 항상심 그리고 "안녕". 그대 하루는 어제처럼 안녕하신
가? 한 컷의 이미지는 영롱하다 못해 웅장했고, 시말은 평
화와 안녕을 희원하는 듯했다. 말하자면 장승진 시인의『인
간 멸종』은 "햇살 거울"에 비친 웅장한 히말라야를 존재의
거울로 투영하면서, 인간학과 세계 사이에 놓인 심각한 균
열을 봉합하고자 노력 중이다. 삶은 간절하고, 그것의 의미
가 투영된 자연은 여여하다.

　그러나 그러한 시인의 바람과 달리 이 세계는 그리 "안녕"
하지가 못하다. 아니 우리가 살아가는 "지구"는 "천 년 전에
도 똑같았을 풍경"을 마구 훼손해 그 형체를 알아볼 수 없게
만들었다. 왜 그런가? 왜 그토록 아름다운 자연을 보존하지
못한 채 파괴만을 일삼는가? 아마 시인은 파란 하늘 위로 우
뚝 솟은 에베레스트의 장엄한 모습을 바라보며 인류의 몰
락이 그리 멀지 않았음을 증언하고 있다. 때론 인간의 부질
없는 욕망을 질타하면서, 때론 산업발전의 폐해를 엄중하게
비판하면서, 시인은 자연이 만들어놓은 아름다운 이미지가

삶이 지향해야 할 궁극적 가치임을 증명하고 있다.

> 그 비참한 종말의 목격자로
> 푸르딩딩하게 서서 짐승 소리로 울었다
>
> ─「감동의 비극」부분

> 아마존 원시림이 사라지면서
> 열병 증세가 심해지고 있다
>
> ─「벗겨지는 열대우림」부분

이미지의 비극성은 삶의 진실에 이르는 존재의 길이다. 어떤 자연의 모습을 원하는가? 그러나 "오랜 세월 상식"(「비 내리는 히말라야」)이 통하지 않은 사회로 급진화되어 점점 자기 욕망만을 채우기 위해 몰두 중이다. 말하자면 기후온난화로 인해 점점 녹아내리는 "페리토 모레노 빙하"와 폐허가 된 "아마존 원시림"의 모습은 인간의 탐욕이 빚어낸 최악의 결과물이다. 시인의 눈에 포착된 이미지는 지구온난화의 실상을 가감 없이 드러내 보여주고 있을 뿐만 아니라, "천 년의 기억"을 되살려 자연이 원래의 상태로 복원되기를 염원하고 있다.

기도를 올리며 묵상에 든다. 때론 자연이 내어놓은 길 전체를 "선물"(「배경이 좋으려면」)이라 간주하면서, 때론 인류에게 남은 마지막 "소망"(「킬리만자로 버킷리스트」)을 이미지의 심연에 응고시키면서, 장승진 시인은 점점 자연의 모습을 닮아가고 있다. 물론 비행기에서 포착한 한 컷의 이미지는 처참한 아마존 열대우림의 실상을 고발하고 있지만 이는 이 세계에 대한 시인의 사랑을 반증하는 반어적 현실이다. 아니 역으로 이 세계를 노마드처럼 배회하는 시인은 "종말의 목격자"가 되어 묵시록을 증언하고 있는지도 모른다.

정면은 항상 번듯한 줄 알았다
관심의 빛이 비쳐들지 않을 때
뭄바이시 후미 보고서야 알았다
모여들어 썩어가는 쓰레기는
무관심의 정면이다

—「무관심의 정면」 전문

이미지는 강렬하고 존재의 현실은 참혹했다. "쓰레기"가 쌓여 있는 인도의 어디쯤이었다. 아마 가난과 성자의 나라 쯤으로 여겨졌지만, 그것은 반은 맞고 반은 틀린 말이다. 이 세계에서 가장 불평등이 심한 계급사회가 인도의 진실이다. 그런데 장승진 시인은 한 컷의 이미지를 통해서 은폐되었던 진실을 "정면"으로 바라보고 있다. 눈앞에 현실은 처참했고 이 세계가 결코 아름다운 곳이 아닌 비극의 구성물임을 깨닫게 된다. 까닭은 "관심의 빛"이 존재하지 않는 "뭄바이시 후미"는 바로 인간학적 실재를 지시하는 진실의 장소이기 때문이다.

물론 시인은 지금 인도 영화와 예술의 도시인 뭄바이의

어디쯤을 배회하다가 우연히 도심의 뒷골목에 들어섰을지도 모른다. 아니 겉의 화려함에 매혹되어 길을 무심히 걷다가 자기도 모르게 인도의 치부를 목도하곤 황급히 카메라 셔터를 눌러 사회의 "무관심"을 정면으로 비판하고 있다. 따라서 시인이 설파한 시 「무관심의 정면」은 진실을 비스듬히 우회하는 이 세계의 비극적 현실이자, 너와 내가 수수방관한 삶의 어두운 그림자이다.

> 아스라한 바람소리 거슬러오르면
> 뛰놀던 동물들 소리 들릴까
> 사막으로 변한 원인 추정만 무성할 뿐
>
> ─「붉은 사막도 한때는」 부분

> 다 죄 없는 것들인데
> 철모르다 가는구나
>
> ─「철모르는 것들」 부분

이미지가 지시하는 현실은 비극의 현실, 즉 황무지가 되어버린 폐허다. 온실효과 주범인 "탄소 폭탄"(「소 방귀도 온실가스」)으로 인해 이 세계는 점점 사막화가 진행 중이거나 그로 인해 이상기후가 빈발하고 있다. "날짐승 운명"(「왕부리새 투칸」) 혹은 "붉은 눈의 화마"(「눈물 기우제」). 점점 기온이 올라가 급속도로 해수면이 상승하는 것은 물론 기후 조건 전체가 일정하지 않아 자연재해가 수시로 발생하고 있다.

　모든 것이 메말라 아무런 생명도 살아갈 수 없어 보이는 저 "붉은 사막"도 "한때" "광활한 초원과 우거진 숲"을 이루어 "동물"들이 뛰노는 낙원이었으리라. 더불어 사막 저 멀리 어딘가에는 "푸른 호수"도 있어 안식의 장소였으리라. 그러나 문제는 항상성을 잃어버린 기상기후 현상으로 인해 아름다운 숲과 초원이 사막으로 변했고, 또 자연의 생명들이 절기를 잃어, "철모르다" "죄" 없이 죽어가게 된다.

　　전쟁 위기
　　전염병 위기
　　기후 위기
　　인류에게 닥칠 수많은 위기
　　위기의 틈새에서 꽃은 피어난다.

─「위기의 틈새」전문

　"관심"(「번성하라」)을 가지고 자세히 들여다보면 "암병동 환자"(「나무야 나무야」)는 사람만이 아니라, 자연계 어디에서도 볼 수 있다. 기후 재난이 펼쳐진다. "남극 얼음 녹는 속도"(「펭귄의 상상력」)가 급격하게 빨라 해수면이 올라가고, "미세먼지"(「초록이 필요해」)는 시도 때도 없이 몰아닥쳐 몇 날 며칠 동안 온통 하늘을 희뿌옇게 만든다.

　"위기"다. 이 "축복"(「악마의 목구멍」)받은 지구를 구할 "모세의 샘"(「불가사의 샘 찾기」)은 어디 있으며 과연 오염으로 찌든 자연을 구제할 방법은 존재하는가? 거의 회복 불가능의 상태이고, 위기에 위기를 거듭해 재난의 연속인 것 같다. 그런데 그러한 위기의 현실 속에서도 장승진 시인은 한 떨기 꽃에게서 인류의 희망을 걸어본다.

다시 말해서 디카시「위기의 틈새」는 내일 지구의 종말이 와도 사과나무를 심겠다고 선언했던 스피노자처럼 "수많은 위기"의 "틈새"에 피어난 한 송이 "꽃"에게서 그나마 희망을 걸며, 존재론적 위안을 삼고 있다. 그러나 그러한 시인의 바람에도 불구하고, 우리가 살아가는 이 지구는 사스에 메르스에 코로나19 "전염병"까지 창궐했으며 아직도 우크라이나에선 "전쟁"이 2년째 지속 중이다. 어쩌면 시인이 포착한 일련의 이미지들은 환멸의 세계상, 즉 우리 모두가 살아가는 산업자본주의 시대를 정의하는 적확한 표현인지도 모른다.

그리고 더 나아가 장승진 시인이 시를 쓰는 이유는 인류 멸망이라는 극약처방을 통해서 인간세가 대오각성하여 더 나은 삶의 환경을 만들기 위해 노력하기를 요청하고 있기 때문이다. 따라서 시인이 포착한 일련의 이미지들은 단순한 자연의 풍경을 소묘하기 위한 도구가 아니라, 이 세계에 투영된 존재의 거울, 즉 진실에 이르는 의식의 통로이다. 결론적으로 볼 때 "인류에게 닥칠 수많은 위기" 속에서도 존재의 의미를 되새기게 만드는 저 한 송이 꽃 이미지는 인류에게 아직 남은 상징, 즉 마지막 희망일지도 모른다.

3. 자유시 : 고발 혹은 삶의 실재

디카시가 이미지와 시말 사이의 반정립적인 관계를 통해서 인간학적 반성을 적극적으로 요구했다면, 자유시는 과학적 사실을 근거로 제시하면서 현재 전 지구적으로 벌어지는 환경오염과 기후상황을 아주 세밀하게 묘사하고 있다. 대저 이 세계가 지향해야만 하는 "인류의 보편가치"(「탄소 시詩」)는 무엇이고, 어떤 "성스러운 예언"(「바람이 분다」)을 해야만 밝은 미래를 예언할 수 있는가?

특히 장승진 시인의 『인간 멸종』은 "수만 년 푸른 기억"(「초록 숨구멍」) 속에 응고된 삶의 실재를 직설화법으로 그려보이는데, 이는 생명의 "샘"(「바오밥 나무」)을 찾아가는 지난한 존재의 여정 그 자체라 하겠다. 오늘도 시인은 지구 곳곳을 찾아다니면서, 이 세계의 존재론적 의미를 되묻는다. 때론 "부영양화 물질"(「녹색의 비명」)에 오염된 강과 바다를 바라다보면서, 때론 "영구 동토층 붕괴"(「킬링곡선」)로 인해 바이러스가 창궐하는 암울한 현실을 목도하면서, 시인은 "우리 모두의 앞날 모습"(「천연기념물이 사라진다」)이 어떠한지를 고발 예언하고 있다.

어쩌면 시인은 "자연"의 "희망"(「초원을 회복할 수 있을까」), 즉 미국의 프레리나 아르헨티나 팜파 지역의 대초원을 거닐며 에덴의 동산으로 향하는 인류의 행복한 미래를 소망하고 있는지도 모른다. 설령 우리가 살아가는 현재의 모습이 "낭비벽"(「위험한 빚쟁이」)과 "화려함"(「중도 맹꽁이」)으로 중무장한 사치와 향락의 주체처럼 보이지만, 따라서 빈발하는 "예고된 재앙"(「대왕 오징어」)의 "악순환"(「순록의 태풍」중)으로 인해 파멸을 맞이하는 인류의 오만함을 고발하고 있지만, 어찌 그것이 이 세계에 대한 시인의 사랑법이 아니겠는가?

존재론적 역설 혹은 팩트에 토대를 둔 이 세계의 진실. 다큐멘터리 필름처럼 세세하게 기록한 일련의 서사적 사태들은 이 세계의 진실을 지시하는 고발의 전언이자, 에밀리 디킨슨의 진실을 눈앞에서 확인하는 존재의 그 자체의 언어이다. 따라서 시인이 전개한 일련의 시말운동은 이미지의 사실을 존재의 사실로 특화시켜 엄존하는 현실의 문제를 직정의 언어로 묘파한 진실 그 자체의 언어이다.

> 내 몸이 아파봐야 아픔이 보일까
> 멸종의 문 앞에 서서야
> 위험을 느낀들 무엇하랴
> 슬픈 진실 위로 바람이 분다
>
> —「바람이 분다」부분

> 온실가스 배출은 대량 학살이라고
> 공동의 집 지구에서
> 투발루 문제는 우리 모두의 문제라고
> 사느냐 죽느냐의 문제라고
>
> —「투발루」부분

> 척박한 세상에서

나는 누구에게 맹그로브 숲이 될까

짜디짠 인간관계

나는 어떤 갯벌로 남아

염생식물과 저서생물低棲生物의 보고寶庫

블루카본Blue Carbon이 될 수 있을까

―「바다 단풍 염생식물」 부분

인간이라는 우쭐함으로

내가 저들보다 잘하고 있는 것이 무엇일까

―「그러나 궁금하다」 부분

인간 멸종이 현실로 다가왔을 때, 시인이 할 수 있는 일은 무엇인가? 세계-내-사태를 응시하면서 경고의 메시지를 전달하는 "슬픈 진실", 즉 "사느냐 죽는냐의 문제"를 공론화해 이 세계의 진실을 정위시키는 단 하나의 행동뿐이다. "부드러운 바람이 분다". 어떤 삶을 살아가야 하는가? 자연의 내밀한 소리를 들으며, "해독 불능의 메시지"에 담긴 의미를 성찰했으며, 마침내 "멸종의 문"에 다가섰음을 "미세한 진동"으로 감득하게 된다. 때론 지구온난화와 해수면 상승으로 인해 수몰이 예정된 "투발루"의 운명을 애잔하게 바라보면서, 때론 벌의 "집단 실종"(「벌들아 어쩌니」)에 응고된 이상기후 현상의 문제를 사회의 공론으로 이슈화하면서, 시인은 "오랜 경고"에 귀 기울이고 있다.

마이클 잭슨과 친구들의 We are the World, 혹은 "온실가스 감축 실천"(「탄소중립포인트 에너지」). 인류가 멸종으로부터 벗어날 수 있는 길은 우리가 하나로 대동단결하여 온실가스의 주범인 이산화탄소를 줄이는 실천행위뿐이다. 따라서 "투발루" "국민"들을 "지구 최초 환경 난민"이 되지 않게 막는 행위는 우리 모두의 "공동의 집 지구"를 살리는 적극적인 환경 보존 행동이다. 더 나아가 "건강한 갯벌"로 복원해 이산화탄소를 줄이는 실천 행위만이 기후 재앙으로부터 벗어날 수 있는 여러 방법 중에 하나이다. 이를테면 갯벌에 드러난 "짠물 속에 피어난 바다 단풍"은 이 "척박한 세상"을 굳건하게 지키는 인과관계의 첫 열쇠이자, 너와 내가 서로 다른 남남이 아니라 상호 긴밀하게 연결된 '우리'라는 운명공동체이다. 생태학적인 관점에서 이 세계의 모든 생명체는 밀접하게 하나로 연결된 생명공동체이다.

그러나 그러한 시인의 공동체의식에도 불구하고 이 세계는 점점 "돈에 미쳐 저지른 일"(「새똥광을 아시나요?」)들을 나 몰라라 하며 자연 전체를 점점 더 "회복 불능의 상태"(「미란성 위염」)로 만들어가고 있다. "욕망 열차"(「유통기한」)에 매개된 악순환의 반복 혹은 "수은 중독"(「한쪽으로 빙글빙글」)으로 침몰하는 자연생태. 아마 시인이 바라는 "완벽한 생태계 복원"은 요원하고, "인간이라는 우쭐함"으로 인해 점점 더 "시신과 쓰레기"(「쓰레기 최고봉」)는 넘쳐나게 된다.

과연 인류는 대자연 속에서 어떤 위의를 간직한 채 살아가야 하는가? 장승진 시인의 『인간 멸종』은 자연생태계의 현황을 다큐멘터리 필름처럼 생생하게 드러내보이면서, 인간과 세계 사이의 거대한 균열을 생태사회학적 시선으로 봉합하고자 시도 중이다. 그러나 이 세상을 지배하고 있다고 믿는 인류세는 온갖 생명체들이 공존할 수 있게 만드는 "게으름"의 "주인"이 아니라, 너무도 부지런히 자연을 개발해 온 세계를 황폐화시키는 교만한 파괴의 주인이다. 오늘도 자본의 욕망은 부지런히 공장을 돌리며 탄소를 생산 중이다.

북극 빙하 소멸로
자주 찾아오는 폭염과 폭우

—「북극곰 구하기」 부분

빙글빙글 돌던 수달의 춤
비틀비틀 지구도 추고 있다
지상의 생명들이
한쪽으로 빙글빙글 돌고 있다

—「한쪽으로 빙글빙글」 부분

"제2의 지구는 없다
젊은이여 당신들 지도자들에게 도전하라"
당신이 세상을 바꾸지 않으면
당신은 소멸하는 행성의 주민이 될 것이다

—「지구엔 플랜B가 없다」 부분

어디로 갈까 모든 기억들

바로 앞을 알지 못하며

아주 오래된 것들만 보도록 지어진 운명

첼로 선율 빗소리와 미소의 기억 붙들고

지구별 위해 어떤 기도를 해야 하나

— 「안드로메다에서」 부분

온난화가 일으킨 최악의 결과는 "폭염과 폭우"가 번갈아
서 발생해 인간이 살아가는 자연 환경 전체를 점점 더 파
괴하여 황폐시킨다는 점이다. 바다는 다양한 해양생명체
들이 살아갈 수 없게 "해양 산성화"(「사막이 되어가는 바다
숲」)가 이루어졌고, 스위스의 산맥, 즉 "핏빛으로 물든 알
프스"(「빙하의 피」)로 인해 온 세계가 경악해야 했다. "북극
곰"을 비롯해 "바다코끼리 턱수염바다물범" 등등의 생명체
들은 "북극 빙하 소멸"로 인해 먹이가 점점 줄어들어 멸종
에 가까워지고 있고, "천연기념물 제330호인 수달"은 각종
환경오염물질, 특히 "중금속"이나 "수은 중독"에 걸려 "탈수
와 탈진"의 상태로 빙글빙글 돌면서 죽어가고 있다.

지구 도처가 오염되고 있다. 청정지역이라고 생각했던
"북한강 상류의 파로호"가 다양한 환경오염 물질에 노출되
어 있다는 사실은 더 이상 지구 어디에도 오염으로부터 자
유롭지 못하다는 사실을 반증하고 있다. 장승진 시인이 예
상했던 것보다 지구의 환경오염은 심각하다. 따라서 "화석
연료"의 사용을 줄이고, 친환경재생에너지를 최대한 활용하

는 것만이 지구 생태계를 복원하는 유일한 길이라 하겠다.

어쩌면 인류의 미래를 위해 "지구엔 플랜B"는 없을지도 모른다. 아니 더 늦지 않게 모든 정책을 환경친화적으로 재설계함을 물론 자신들이 왜 죽어가야 하는지를 전혀 모른 채 죽어가는 야생의 동식물을 위해 하나뿐인 지구를 정화해야 함은 너무도 자명한 이치이다. 그런데 "말랄라 유사프자이"의 여성을 위한 인권운동이나 환경운동가 "그레타 툰베리"의 "기후변화대책촉구"는 잠시 호기심을 끌다 이내 관심사에서 멀어진 채 다시 전쟁을 일삼거나 아니면 그저 돈이라는 물질명사에 심혼을 투사한 채 욕망만을 추구하는 절망의 나날들을 보내고만 있을 뿐이다. "당신이 세상을 바꾸지 않으면", 인간 멸종은 너무도 가까운 미래에 일어날 것이다.

기도를 올린다. 시인 장승진은 매일매일 간절하게 기도를 올리며 "나팔꽃"과 "광막한 우주" 사이에 존재하는 진리에 대한 물음을 깨달음의 전언으로 고양시키면서 참된 진실에 도달해가고 있다. 바람이 분다. 어디로 가야 하나? "250만 광년 떨어진/ 안드로메다은하" 어디쯤을 "빛의 속도"로 몽상하다 아직 "신화"가 살아 숨쉬는 전설의 어디쯤을 떠올리며 "지구별"을 위해 재차 간절하게 "기도"를 올린다. 제발 "폭우"와 불붙은 "열돔" 등의 대재난에서 인류를 구원해주소서!

점심 먹고 총총
받아들고 들어가는

테이크아웃 종이컵 커피

매일 한 잔씩 즐기던 시간이
세포를 죽이는 신경독성물질 되고
혈관 따라 몸 전체로
뇌 속까지 흘러다니고 있다니

무심코 버린 플라스틱
돌고 돌아 내 몸속 축적되어
칼날이 되었다

편리함에 올라타 놀다보니
종이컵 하나에서 20개씩 나왔다는
5mm 미만 플라스틱 조각들
연간 7300여 개 미세플라스틱으로 쌓여
숭고한 정신의 우리 존재가
독한 쓰레기 저장소 되었다

                        —「미세플라스틱 커피 한 잔」 전문

    경제발전이라는 미명 아래 "불후의 제국"(「아듀 쓰레기」), 즉 "도시의 빌딩 숲속"(「맹그로브 숲」)을 건설했지만, 그것은 자연의 파괴라는 혹독한 대가를 치른 후에 얻어지는 최악의 결과물이다. 문명의 그늘 혹은 죽음으로 향하는 인간학. 시 「미세플라스틱 커피 한 잔」은 "편리함"에 길들여진 우리네 삶의 일상을 간명하게 그려내면서, 그것이 삶의 길이 아니라 죽음의 길임을 반증하고 있다.

기실 너무도 잘 살아가고 있다고 믿었던 어제와 오늘의 일상이 부메랑이 되어 대재앙으로 되돌아오게 되는 경우가 비일비재한데, 그것은 아무렇지도 않게 마시는 "점심" 무렵의 "테이크아웃 종이컵 커피"에서 비롯한다. 다시 말해서 인간에게 무한 사랑을 받는 기호식품 커피는 이중의 기호로 작용하여 인간에게 재앙으로 다가오게 되는데, 어쩌면 그것은 호르크하이머와 아도르노가 『계몽의 변증법』에서 말한 도구적 이성에 의해 "편리함"에 길들여진 너무도 당연한 결과 때문이다. 따라서 종이컵에서 나오는 "세포를 죽이는 신경독성물질"과 함께 "혈관"이나 "뇌"를 야금야금 죽어가게 만들 뿐만 아니라, 인간의 "몸속"에 "미세플라스틱"을 축적해 죽음에 이르는 병에 걸리게 만들 것이다.

이용가능성과 합리성에만 매몰된 도구적 이성의 현대 사회는 더 이상 인간학적인 "숭고한 정신"을 요구하지 않을 뿐만 아니라, 늘 우리가 살아가는 세상을 치밀한 수학적 계산으로 환원시켜 우리의 삶 전체를 편리한 향락의 도구로 만들어버린다. 어쩌면 장승진 시인은 너와 나 사이의 관계를 철저하게 도구적으로 물화시킨 치명적인 결과가 바로 이상기후 현상이라고 역설적으로 말하고 있는지도 모른다. 왜냐하면 편리한 것만을 추구하는 인간은 나와 너를 '우리'라는 공감대로 이끌지 않을 뿐만 아니라, 늘 자기 욕망에 충실한 타자로 몰락해 죽음에 이르기 때문이다. 환경

재앙이나 기후재앙은 도구적 이성의 편리함이 낳은 필연적
결과이다.

> 지구가 보내는 붉은 경고
> 도처에서 일어나는 거센 불길들
> 봄이면 마른 바람이 두렵다
>
> ─「또 산불」부분

> 틀고 열고 보고 타고
> 나의 일상이 탄소 발자국
>
> ─「내 탄소 발자국」부분

> 오렌지색 매캐한 연기가 하늘을 뒤덮은
> 미국 뉴욕시 퀸스의 한 초등학교에선
> 1학년 꼬마가 큰소리로 울기 시작했다
>
> ─「오렌지 포그」부분

> 초고속 무한소비 경제
> 초고속 쓰레기 생산체제
> 불후의 이 제국을
> 어떻게 무찔러야 하나
>
> ─「아듀 쓰레기」부분

> 보이지 않는 그물로
> 촘촘하게 연결된 생명공동체

자동조절 복원기능을 가진 지구

―「보이지 않는 그물」부분

　　"검은 파도"가 "흰 꽃"(「굴꽃」)으로 다시 피어나는 환경의 복원과정을 눈앞에서 목격하면서, 이 세계가 상생의 리듬으로 재차 순환되기를 희망해본다. 그러나 온난화로 인해 겨울올림픽은 "인공 눈"(「인공 눈 올림픽」)을 만들어야 했고, "폭염"으로 불타는 "유럽 대륙"(「산양아 비키니 입어봐」) 어디쯤을 거닐다, 진리에 대한 의미를 존재론적 지평으로 상상하게 된다. 이미 "신 포도"가 된 "바젤협약"(「플라스틱 차이나」)의 거짓 증언을 진실 앞에 세운다. 진정 이 세계는 어디로 향하는 마지막 비상구인가? 진정 인간학은 신이 지어준 뜻대로 참된 나를 찾아가고 있는가?

　　"지구별이 아름다운 이유"(「태초의 우주」)가 더 이상 존재하지 않는다. 더불어 "우주의 책"(「인간중심주의 대륙」)을 삶의 진리라고 여기며 "전통"을 고수하는 "잉카인"(「잉카옥수수」)의 숭고한 문명도 아무런 의미가 없다. 그리고 우리가 살아가는 일상은 "빈 용기 재활용"(「이런 아이디어」)하는 수준에 머물 뿐 적극적으로 기후문제에 관하여 대처하는 사안은 수수방관하며 각자 이해득실의 주판알만을 튕기고 있을 뿐이다.

　　왜 그런가? 왜 우리는 내일 또 다시 "산불"이 일어날 것을 알면서, "지구가 보내는 붉은 경고"에 아무런 반응을 하지 않는가? 문제는 아리스토텔레스가 수천 년 동안 설파했던 프락시스, 즉 실천의 문제인 것 같다. 말하자면 장승진 시인이 『인간 멸종』에서 설파한 과학적 사실들은 우리들이 살아온 "탄소 발자국"의 흔적, 즉 우리가 살아온 존재 그 자체의 궤적과 정확하게 대응된다 하겠다. 다시 말해서 인간세는 하루 종일 "뜨거운 바람"으로 불을 만들거나 "신상품"에 매혹되어 늘 "탄소 발자국"을 흔적으로 남긴 채 지구 전체를 오염시켜 혼돈에 이르게 만든다.

공포가 몰아닥친다. 해일과 태풍이 지구 전체를 뒤흔들 뿐만 아니라, "캐나다 전역"에 "산불"이 발생해 북미대륙 전체를 "오렌지색 매캐한 연기"로 가득 채우게 된다. 그것은 단지 하나의 사태가 아니라, 지구 전체에 경고를 보내는 묵시록이다. 왜냐하면 기후온난화를 비롯한 일련의 재해는 인간에 의해 비롯한 최악의 사태이기 때문이다. 말하자면 장승진 시인의 『인간 멸종』은 미래의 "아이들"에게 빌려쓴 우리 지구를 사랑의 인과율과 복원시키기를 염원하는 존재 그 자체의 시말이다.

그러나 여전히 "쓰레기"가 넘쳐난다. 아니 "초고속 무한 소비 경제"는 보드리야르가 말한 것처럼 엔트로피 지수를 높여 소비가 미덕인 사회로 급진화시키는데, 이는 점점 더 지구를 황폐화시키는 근본원인이다. 오늘도 시인은 "무모한 정책"이 만들어낸 환경과 기후정책을 경고 비판하면서, 더 나은 세계를 만들기 위해 노력 중이다. 설령 우리가 살아가는 이 세계가 여전히 "택배" 쓰레기로 넘쳐나지만, 따라서 "생명공동체" 내부를 가득 채우는 일련의 사태가 "비닐과 플라스틱"으로 인해 환경재앙을 일으키고 있지만, 어찌 미래로부터 빌려쓴 이 지구가 훼손되는 것을 수수방관하겠는가?

이 세계는 "보이지 않는 그물", 노자가 말한 하늘의 그물에 의해서 지배받는 아름다운 공간이다. 아니 더 정확하게 말해서 니클라스 루만이 주장한 생태사회학적 관점에서 볼 때, 우리는 살아가는 세계는 "멈출 줄 모르는 욕망"에 의해 지배하는 타락한 세계가 아니라, 상호공존을 도모하는 유기체와 비슷하게 얽기설기 얽힌 공감의 세계이다. 따라서 우리에게 주어진 단 하나의 과제는 지구가 "자동조절 복원기능"을 회복하도록 돕는 것이다.

이제 더 나은 세계로 발전하기 위해 개발하는 욕망을 멈추어야 한다. 더불어 발전은 하되 이 세계를 착취하는 방식의 계발은 지양하여야 하며 만약 그것을 멈추지 않는다면, 지구의 미래는 멸망으로 향하는 "불후의 제국", 즉 요한계시록에 나와 있는 불의 재앙에 직면하게 될 것이다. 아주 가까운 미래에 말이다.

경이롭다고 했다
인류는 지난 200년간
100배의 물질적 발전을 이루었다고
무자비하게 자연을 무찔러
스스로를 100배나 파괴했다고

지구 역사 45억 년 동안

다섯 번의 대멸종이 있었다는데
모두 자연현상이 원인이었다면
2050년으로 예상되는
제6차 생물 대멸종은
인간이 자초한 최초의 것이 될 것이라고
과학자들은 말한다

발전이 퇴보이고
성장이 몰락이며
생산이 파괴인 역설
인간 멸종이 목전에 와 있는데
현란한 게임에 빠져
우린 더 이상 자연의 책을 읽지 않는다
　　　　　　　　　　　　　　　—「지옥의 피안」 전문

　아인슈타인의 상대성이론이 우주의 운명을 물리학적으로 적확하게 표현한 것이라면, 조금의 편차는 있겠지만 앞으로 지구를 비롯한 태양계의 운명은 대략 50억 년의 시간이 남아 있다. 그러나 그러한 물리학적인 시간과 달리 장승진 시인의 『인간 멸종』은 우리가 살아가는 삶의 세계에 대한 보고서를 아주 냉철한 시선으로 그려내면서, 인류의 미래가 그리 밝지만은 않다고 선언하고 있다.
　특히 시 「지옥의 피안」은 인류세가 발전해온 경로를 "파괴"의 경로로 간주하면서, 이제까지 형성되었던 "성장" 지향적인 관점을 "퇴보"와 "몰락"이라고 평가하고 있다. 왜 그런가? 왜 시인은 산업혁명 이후 "200년 간" 이룩한 문명의 발전적 국면을 재앙이라고 평가하는가? 까닭은 한스 요나스나 니클라스 루만이 생각했던 것보다 급속도로 환경이 붕괴되고 있기 때문이다. 따라서 이제 행한 경제산업의 발전 모델들은 환경에 대한 이해를 망각한 채 착취적으로 발전을 추구했고, 그것이 바로 이 세계의 이상의 최적화하는 방식이라고 착각하고 있다.

이와 같은 방식의 발전이 지속되는 한, "지옥"은 그리 멀리 있지 않다. 아니 노자와 장자가 수천 년 전에 이야기한 "자연의 책"을 읽지 않는 혹독한 대가를 이제 막 치르게 될 것이다. 따라서 시인이 주장한 "생산이 파괴인 역설"은 너무도 자명한 자연의 이치이자, 노자가『도덕경』에서 도법자연道法自然이라 설파한 이치와 적확하게 맞닿아있다.

결론적으로 "경이롭다"고 평가되는 200여 년간의 발전은 자연을 무참하게 무찔러 학살한 것이지, 그것이 발전의 이상적인 모델은 아닌 것만은 분명하다. 이제까지 인간학이 지향한 문명적 발전은 철저하게 자연을 배제했을 뿐만 아니라, 자연 그 자체를 파괴하는 것이 발전의 표준이었다. 이제 관점을 바꿀 시대가 도래한 것 같다. 아니 장승진 시인은 다양한 과학적 근거를 강력하게 제시하면서, 시말운동 전체를 인류사적 과제로 응고시키는데, 그것이 바로「지옥의 피안」에 묘파된 언어의 진실이다. 다시 말해서 시인은 에밀리 디킨슨이 말한 것처럼 진실을 비스듬히 우회한 것이 아니라,

정면으로 마주선 채 격정적으로 이 세계의 진실을 눈앞에 가져와 경고의 메시지를 신랄하게 표명하고 있다.

우리는 너무도 씩씩하게 "자연을 무찔러" 더는 되돌아갈 수 없는 "파괴"라는 불후의 거대한 제국을 건설했다. 편리함이 너를 멸망에 이르게 할 것이다.

4. 결론을 대신하여 : 자연을 닮은 시

> 지구가 아프다
> 숲속 나무도 기어오르는 벌레도 아프다
> 끼룩끼룩 줄지어 이동하는 기러기도
> 아가들 먹이 구하러 나가는 등목어도
> 사람들처럼 몸과 맘이 아프다
>
> ―「지구가 아프다」 부분

"지구가 아프다"는 알레고리는 이 세계를 위한 가장 완벽한 한 편의 거대 서사시이다. 참으로 가혹하고 무서운 말이지만, 어느 누구도 "지구가 아프다"는 말에 귀기울이지 않는 것 또한 사실이다. 그런데 그러한 현실에도 불구하고 장승진 시인의 『인간 멸종』이 의미 있는 것은 시와 시 아님의 경계를 아슬아슬하게 외줄타기 하듯 노래하면서, 인류의 미래 서사를 "지구가 아프다"라는 단 하나의 정언명령으로 일괄하면서 인류세에게 경고의 전언을 실증적으로 드러내 보이고 있다.

시인의 사명이다. 그것은 시인이 아니고서는 할 수 없는 21세기 시인의 임무이자, 너와 나 사이에 매개된 치명적인 균열을 '우리'라는 의식으로 공명시킬 수 있는 이 시대의 마지막 보루이다. 다음의 인용시는 장승진 시인의 선한 마음을 읽을 수 있는 참으로 아름다운 시이다. 욕망으로 훼손된 우리네 삶의 초상을 치유하면서 인간학 전체를 노자의 어디쯤으로 데려가는 무욕의 시이다.

길을 걷다 가끔은
나루를 만나고 싶을 때가 있지
구부러진 강기슭 물소리로
모진강이나 신연강처럼 지금은 없어진
아득한 나루터 이름들 부르며
강바닥 깨끗한 모래를
만져보고 싶을 때가 있지

삶을 쪼개거나 쥐어짜면
시가 나오는 줄 생각한 적 있었어
바람 닿으면 이파리 뒤집으며
흐느끼듯 떨리던 키 큰 미루나무
그렇게 떨릴 수 있으면 된다고
강가에 오래도록 서 있는 그림자 안고
물비늘 반짝이며 찰랑일 수 있다면
그게 시가 아닐까 생각이 바뀌었지

내 안의 강엔 녹색 숲 자라고
하얀 조약돌과 은빛 물고기들 있으면 돼
가끔 물총새 뛰어들며 메멘토 모리
죽음을 기억하라 외쳐주면 돼
네가 죽을 때 세상은 울어도
너는 기뻐할 수 있도록 그런 삶을 살라고
—「내 안의 강」전문

욕망의 부질없음을 일깨워주는 영혼의 맑은 시이다. 한 열 번은 읽은 것 같다. 참 좋다. 참 좋다는 말 이외에 더 이상의 미사여구가 필요 없다. 욕심을 비워내고 자기 스스로를 바라보게 하는 시인데, 이는 우리 모두가 자신만의 "내 안의 강"을 가지고 있기 때문이리라. 눈물이 날 것 같다. 평안했다. 다 비워낸 듯했고, 노자가 말한 무욕의 세계에 이르러 이 세계의 진실을 눈앞에 가져온 듯도 했다. 아마 시인은 진실을 비스듬히 보고 있는 것이 아니라, 진실과 마주한 채 마음의 평화에 이른 듯도 하다.

우리 모두가 이와 같은 마음으로 "죽음"을 맞이하고, 그 참된 의미의 실재를 기억할 수 있다면, 우리는 온난화니 기후재앙이니 그런 사태를 맞이하지 않았을지도 모른다. 다시 말해서 장승진 시인이 시를 생각하는 마음을 육화시키는 「내 안의 강」은 시의 시, 즉 시인이 가져야 할 기본 마음 자세를 아름답고 투명하게 부조시켰으며, 그것이 바로 이 세계를 평화와 안녕으로 이끌 최후의 보루라 하겠다.

존재는 존재함 그 자체에 만족했고, 더는 탐할 그 무엇도 존재하지 않는다. "메멘토 모리"하고 허밍하듯이 읊조려본다. 우리는 그렇게 삶과 죽음 사이에 놓인 거리를 므네모시네의 작용으로 승화시키게 되는데, 어쩌면 자연을 닮은 나바호 인디언의 삶-시간-세계가 욕망에 가득 찬 산업문명의 인류세를 구원할 수 있는 유일한 길임을 넌지시 알려주고 있다 하겠다. "물비늘 반짝"이는 "강가"에 앉아 사념에 젖는다. 평화롭다.

인간 멸종

지은이_ 장승진
펴낸이_ 조현석
펴낸곳_ 북인
디자인_ 푸른영토

1판 1쇄_ 2023년 10월 20일
출판등록번호_ 313 - 2004 - 000111
주소_ 121 - 842 서울 마포구 서교동 460 - 34, 501호
전화_ 02 - 323 - 7767
팩스_ 02 - 323 - 7845

ISBN 979-11-6512-079-5   03810
ⓒ장승진, 2023

**이 책은 춘천문화재단 전문예술지원사업
지원금으로 발간되었습니다.**

책값은 뒤표지에 있습니다.
저자와 협의 아래 인지를 생략합니다.